한국 희곡 명작선 73

사랑의 기원

한국 희곡 명작선 73

사랑의 기원

차근호

평민사

자
그
믄
호

사
랑
의

기
원

등장인물

남

여

무대는 특별한 장치를 필요로 하지 않는다. 극의 진행에 따라 의자와 식탁 등의 소품을 사용한다. 연극은 모두 3장으로 이루어져 있으며, 각 장의 전환에는 세심한 조명의 변화를 필요로 한다. 1장의 조명은 다소 어두우며, 배우의 얼굴 음각을 최대한 살릴 수 있어야 한다. 마치 그들의 모습은 어둠의 공간에 갇혀 움직일 수 없는, 붙박인 점처럼 보여야 한다. 2장의 조명은 1장에 비해 좀 더 밝아져 인물들의 윤곽을 더욱 뚜렷이 만들어 주어야 하지만 여전히 몽상적인 분위기를 견지해야 한다. 그리고 3장의 조명은 일상적인 조명으로써 인물들의 평이하며 사실적인 모습을 보여 줄 수 있어야 한다. 조명의 변화는 비단 장의 전환을 위한 장치를 넘어서 점(點)과 선(線)의 세계, 공간(空間)의 세계를 각기 다른 특성으로 보여주는데 매우 중요한 의미가 있다.

배우들의 연기는 다분히 대사와 대사 사이의 여백에 중점을 두고 진지함과 우스움을 동시에 내포해야 한다. 특히 3장에서의 연기는 건조하며 창백한 인물의 표현에 집중하여, 1, 2장의 인물과 간극을 보여주어야 한다.

제 1 장 - 점(點)

1.

황량한 벌판에 눈보라가 몰아치는 소리. 매섭게 들려온다. 천천히 무대의 조명 밝아진다. 남과 여의 얼굴이 허공에 떠 있는 점처럼 보인다. 그들은 어둠을 사이에 두고 바다의 섬처럼 떨어져 앉아 있다.

그들의 머리에는 흰 눈이 수북이 쌓여 있다. 그들은 눈을 치뜨고 머리에 쌓인 눈을 보려고 애를 쓴다. 그들은 온 신경을 집중하여 눈을 털어 내려고 한다. 눈을 깜박여 보기도 하고, 얼굴을 잔뜩 찌푸렸다 펴보기도 한다. 연신 얼굴을 움직여 보지만 고개만큼은 압정에 눌려 있는 것처럼 정면을 향하고 있다.

그러던 여자, 코를 씰룩대다가 마침내 재채기를 한다. 그로 인해 눈이 상당히 떨어진 듯, 여자는 새로운 무엇인가를 발견한 것처럼 만족스러워 몇 번이고 반복하여 의도적인 재채기를 해본다. 여, 더욱 큰 소리로 재채기를 해댄다. 남, 메아리처럼 들려오는 여자의 재채기 소리에 깜짝 놀라 귀를 기울인다. 머뭇거리다가 조심스럽게 불러본다.

남   여… 보세요?

여자, 깜짝 놀라 동작을 멈춘다.

남   거기… 누가… 있어요?

여자, 남자의 소리가 나는 쪽으로 바싹 귀를 기울인다.

남   거기… 누구 있어요?
여   누, 누구세요?!

두 사람 갑작스러운 상황에 소리가 나는 쪽을 향해 눈동자를 움
직인다.

남   누구세요?
여   그러는… 당신은요?
남   내가 먼저 물어봤잖아요.
여   (자신이 없어) 난, 난, 난 생각해 본 적이 없는데…. 그쪽은
       요?
남   (자신만만하여) 난! (말을 못 하고 꾸물거리더니) 생각해보니까 나
       도 생각해 본 적이 없다는 생각이 드는데….

잠시 침묵.

남, 여   (동시에) 아직도… 거기 있어요?

두 사람 옆에 누군가가 있다는 사실에 안절부절못하다가.

여   정말 거기에 있어요?

남   그래요.

여   언제부터요?

남   (기억을 더듬어보며) 글쎄….

여   언제부터 있었어요?

남   ….

여   (따져 묻듯) 언제부터 내 옆에 있었냐니까요?

남   (기억을 더듬으며) 글쎄… 눈이 처음 내릴 때부터….

여   나도 그때부터 있었는데…. (문득, 소스라치게 놀라) 어머, 어머머! 그럼, 거기에서 줄곧 날 몰래 훔쳐보고 있었단 말이에요!

남   (앞을 잘 보려는 듯 눈을 크게 깜박이며) 내 앞엔 아무것도 없는데…. (문득, 기대감에) 내가 보이나요?

여   (남자를 찾듯 슬쩍 곁눈질을 해보고) 아뇨.

남   (왠지 실망스러운 듯) 그럼, 걱정하지 말아요. 우린 서로를 보지 못하니까요. 그저 서로의 소리를 듣기만 할 뿐이죠.

그들 사이에 잠시 침묵이 흐른다.

남   여보세요? 아직도 거기 있어요?

여   여기 있어요.

남	뭐 하나… 물어봐도 돼요?
여	뭔데요?
남	아까 그 소린 뭐예요? 생전 처음 들어 보는 소리였어요.
여	(머뭇거리다가, 오만하여) 재채기 소리예요.
남	(생전 처음 듣는 말인 듯) 재채기요?
여	눈을 털어 낼 때 쓰는 방법이죠. 한 번만 재채기를 하면 눈이 다 떨어져요.
남	정말요! 어떻게 하는 건데요?
여	(우쭐하여) 아주 아주 어려워요. 나도 오늘 처음 해본 거니까.
남	(기가 죽어) … 어떻게 하는데요?
여	(기다렸다는 듯, 남자를 이끌어주는 선생처럼) 자, 상상을 하는 거예요.

남자는 눈을 감고 여자의 지시를 따른다.

| 여 | 긴장을 풀고 심호흡을 하세요. (시범을 보이며) 흡-호-흡-호. |

여자가 심호흡을 하면 남자도 여자를 따라 심호흡을 한다. 앞으로 남자는 여자의 말에 적극적인 반응을 보인다.

| 여 | 자, 이제 당신의 콧속으로 개미가 들어갑니다. 개미가 코 |

털을 건드립니다. 자, 코털이 흔들립니다. 코털이 양옆으로 흔들립니다. 개미는 계속 기어들어 갑니다. 자, 또 한 마리가 들어옵니다. 그 뒤에 또 한 마리! 개미가 계속 들어옵니다.

남자, 여자의 말에 따라 상상을 하다가 마침내 재채기를 한다.

남   떨어신나! 눈이 떨어졌어요!

남자는 눈이 떨어진 것을 기뻐한다. 여자는 으쓱하다.

남   이상하죠. 오랫동안 여기에 있었는데, 왜 우린 서로가 있는 걸 몰랐을까요? 아마 서로 말을 안 해서 그럴 거예요. 나도 누구하고 얘길 해보는 건 오늘이 처음이거든요. 어제만 해도 이 세상에 있는 소리라고는 그저 바람 소리, 시냇물 소리, 늑대 소리, 번개 소리, 그런 것들뿐이었어요. 당신의 경이로운 재채기 소리는 태어나서 처음 듣는 사람의 소리였어요. (들떠서) 난 상상을 하곤 했어요. 다른 사람이 있다면, 그래서 말을 할 수 있다면, 기분이 어떨까? 그 사람은 어떤 소리가 날까, 나랑 같은 말투일까? 나하고 다르게 말할까, 똑같이 말할까? (사이) 하지만 난 지금까지 숫자만 세고 있었어요. 멍청이처럼. 구조 사천 육백 칠십 칠만 천 이백 일, 구조 사천 육백 칠십 칠만 천 이백 이, 구조 사

11

천 육백 칠십 칠만 천 이백 삼.

여 (거만하여) 어쨌든 내 이웃이 된 걸 축하해요. 하지만 괜히 엉뚱한 마음먹고 말을 건다든가 노래를 부른다든가 하지 말아요. 절대로!

남 엉뚱한 마음이라뇨? 난 당신에 대해서….

여 (무시하고) 갈다, 갈다귀, 갈다듬기, 갈닦다, 갈닦이, 갈대, 갈대국수, (파리가 나는 소리가 희미하게 들려온다. 혹시나 하는 생각에 귀를 기울이며) 갈대꽃, 갈대밭, (바삐 눈동자를 움직이기 시작한다. 서서히 두려움에 젖으며) 갈대청, 갈데없다, (여자의 주위를 맴도는 파리 소리가 뚜렷하게 들려온다. 두려움에 목소리가 떨리기 시작한다) 갈… 데… 없… 이…. (파리를 발견하고, 공포에 질려) 파, 파, 파, 파리.

남 (대수롭지 않다는 듯) 발칙한 녀석. (코웃음을 치며) 죽음을 재촉하는군.

여 (남자의 태연한 반응에 놀라) … ?!

남 (잔뜩 무게를 잡고, 여자의 반응을 살피며) 두려워하고 있군요? 이젠 두려워하지 말아요. 내가 있으니까. (군대의 조교처럼) 이제부터 날 따라 합니다.

여 … ?

남 온 정신을 집중해 파리를 봅니다. 앞으로 진행될 파리의 비행 궤도를 계산합니다. 이제 파리가 눈치채지 못하도록 조심스럽게 침을 모읍니다. 최대한 많이 꾸역꾸역 모읍니다. 서서히 입을 벌립니다. 준비됐나요?

파리가 나는 소리가 극성스럽다. 여자를 향해 돌격해오는 것 같다.

남   (명령하여) 조준! (파리의 소리가 최고조에 오르자) 쏘세요!

여   (남자의 말에 얼떨결에 침을 뱉는다) 툇!

여자가 침을 뱉자 파리는 침에 맞아 땅으로 떨어진다.

여   (믿어지지 않아) 세상에, 이럴 수가! 대체 내가 뭘 한 거죠?

남   (잔뜩 멋을 부려) 파리는 더 이상 당신을 괴롭힐 수 없어요. 망자는 말이 없듯 죽은 파리는 결코 당신의 콧속이나 귓속으로 들어갈 수 없으니까.

남자의 말이 끝나기가 무섭게 다시 파리 소리가 들려온다. 이번에는 파리가 떼를 지어 날아온다. 남자, 침착하게 파리를 응시한다. 순간, 기관총을 쏘듯 파리를 향해 연달아 침을 뱉는다. 곧이어 파리들이 요란하게 소리를 내며 줄줄이 땅으로 떨어진다.

여   (감동하여) 당신은 정말 대단한 사람이에요. 백발백중(百發百中)이에요! 어쩜, 파리를!

남자, 으쓱하다.

여   (다시금 새침하여, 그러나 전과 달리 호의를 갖고) 어쩌면, 이렇게

얘기를 하다 보면 우린 서로를 알게 될지도 모르죠. 많은
얘길 하다 보면….

남   (가만히 듣고 있다가) 우리라고 했어요, 지금?

여   내가요?

남   그래요. 지금 우리라고 했잖아요?

여   (당황하여) 어머, 어머머! 귀가 이상한 거 아니에요? 아님,
너무 오래 혼자 있어서 머리가 이상해진 거예요?

남   분명히 우리라고 했어요.

여   아니에요!

남   했다니까요!

여   (부인할 것 같다가, 꼬리를 내리며) 그래요. 우리. (쑥스러운 듯 헛기
침을 몇 번 하고) 어쨌든 당신과 난… 같이 있으니까요.

여자, 딴전을 피운다. 다시 단어를 외우기 시작한다. 여자가 단어
를 외우는 소리가 차츰 음률을 타며 노래가 된다. 남자, 허밍으로
여자의 노래를 따라 한다. 남자도 노래처럼 숫자를 외운다. 그들
의 노래가 듣기 좋은 이중창이 된다.
그들은 서로의 존재를 확인하려는 듯 서로를 향해 눈동자를 돌린
다. 조명, 서서히 어두워진다.

2.

어둠 속에서 들려오는 여자의 양치질 소리. 서서히 무대 밝아져
온다. 남자는 여자의 양치질 소리에 귀를 기울이고 있다.

남 그건 무슨 소리죠? 생전 처음 듣는 소린데.
여 이건 입안을 닦는 소리예요. 이렇게 하면 입안이 상쾌해
   요. 당신도 충분히 할 수 있어요.
남 (기분이 좋아) 정말요?
여 내가 하라는 대로 해봐요.
남 알았어요!
여 혀를 앞으로 길게 내밀어요. 최대한 앞으로 쭈우욱!

앞으로 남자는 여자의 행동을 따라 한다.

여 시간 될 때마다 수시로 연습해야 돼요. 혀를 얼마큼 빨리
   길게 내미느냐가 핵심이니까요. 알았죠?
남 (혀를 내민 관계로 말을 하지 못하고 그냥 소리만을 낸다)
여 눈이 오기만을 기다리고 있다가, 눈이 오는 바로 그 순간,
   이렇게 혀를 쭉 내미는 거예요. 그럼, 혓바닥에 눈이 쌓이
   기 시작할 거예요. 혓바닥이 시리지만 참아야만 돼요. 입
   안을 가득 메울 정도의 눈이 혓바닥에 쌓이면 혀를 도로
   입안으로 집어넣어요. 그다음엔 입과 혀를 움직여서 눈을

15

녹이는 거예요. 눈이 녹아 물이 되면 그걸로 입안의 구석 구석을 씻을 수 있어요.

남 당신은 천재예요!

여 (부끄러운 듯) 당신에 비하면 너무 부족해요.

남 무슨 소리예요! 당신은 재채기도 할 줄 알고, 거기다 입안을 닦을 수도 있잖아요?

여 당신은 파리도 잡을 수 있잖아요?

남 설령 내가 파리를 잡는다고 해도 독창성과 실용성에선 당신을 따라갈 수가 없어요.

여 (기분이 좋아) 이렇게 물로 입안을 헹구는 걸, 양치질이라고 부르기로 했어요. 어때요?

남 양치질?

여 이상해요?

남 지금까지 수없이 많은 단어를 들어봤지만, 이렇게 고상하며 품위 있고, 생동감 넘치고, 다정다감한 단어는 들어 본 적이 없어요. 양치질! 너무 좋아요.

여 (기분이 좋아, 그러나 부끄러운 듯) 당신은 늘 칭찬만 하는군요.

남 당신은 칭찬과 존경을 받아야 마땅해요! 이 세상에서 가장 현명한 사람이니까요. 당신이 내 옆에 있다는 생각을 하면, 당신이 내 목소리를 듣고 있다고 상상하면, 난 억누를 수 없는 열정에 휩싸여요. 당신은.

여 (남자의 말을 막으며) 아무 말도 하지 말아요.

남 정말 당신은.

여	(남자의 말을 막으며) 제발.(남자가 무슨 말을 하기도 전에) 안 돼요.
남	난 독에 감염됐어요.
여	(깜짝 놀라) …!
남	고독이라는 독에! 고독이라는 독은 세상에서 가장 치명적이에요. 고독에 감염되면 세상의 모든 짐을 자기 혼자 짊어진 것처럼 절망에 빠지죠. 자꾸만 늪 같은 절망 속으로 빠져들어 가고, 나중엔 그 속에서 허우적대다가 결국 익사를 하죠. 하지만 당신을 알게 된 후로 난 고독에서 벗어났어요. 이제 혼자가 아니에요. 당신은 날 생각하고, 난 당신을 생각하고. 우린 서로를 생각해요. 난 온종일 당신 생각뿐이에요. 하루 종일! 당신에 대해 알고 싶어요. 하나부터 열까지 빠짐없이 모두다.
여	(신이 나서) 난 봄을 좋아해요.
남	난 여름을 좋아해요.
여	바람을 싫어해요.
남	파리가 싫어요.
여	나도 파리가 싫어요.
남·여	(동시에) 파리. 톗!
남	(상상에 젖으며) 당신의 다리는 하늘을 떠받치고 있는 대리석 기둥!
여	(상상에 젖으며) 당신의 코는 미지의 신대륙에서 용솟음치는 화산의 분화구!
남	당신의 배는 땅바닥을 뚫고 솟아나는 푸른 잡초!

여	당신의 눈은 썩은 나무에서 피어오르는 송이버섯!
남	당신의 엉덩이는 바위처럼 강렬해요.
여	당신의 팔은 바람에 흔들리는 나뭇가지처럼 섬세해요.

그들은 상상에 젖어 행복하다.

남 당신의 눈가엔 물기가 촉촉하고, 하얀 치아는 밤하늘의 별처럼 반짝여요. 그런 당신을 떠올리면 열병에 걸린 듯 이 몸이 뜨거워져요.

여 우수에 젖은 눈을 지그시 감고, 속눈썹을 파르르 떨며 입가엔 그득한 미소. 그리고 날 생각하겠죠?

남 지금 미소를 짓고 있죠. 그렇죠?

여자, 미소를 짓는다.

남 수줍은 듯 상기돼 있으면서도 자랑스럽고 씩씩한 미소! 눈물이 그렁한 채 슬프고 외로워 보이면서도 이 세상을 모두 가진 것같이 풍요로우며 활기찬 미소! 무엇엔가 도취된 듯 하늘거리면서도 도도한 품위와 순결을 견지하고 한 가닥 부끄러움이 지나쳐 가지만 내심 행복한 미소!

여자, 남자의 말처럼 웃음을 지어 보이려고 애를 쓴다.

여	너무 어려워요.
남	… 어렵다뇨?
여	당신이 말하는 것처럼 웃을 수가 없어요.
남	당신은 지금 웃고 있어요.
여	내가요?
남	그래요. 분명히 웃고 있어요.
여	난 지금 심각하게 생각을 하고 있어요. 도취된 듯 하늘거리면서도 도도한 품위와 순결을 견지하고 한 가닥 부끄러움이 지나쳐 가지만 내심 행복한 미소가 어떤 거예요?
남	왜 그걸 나한테 물어봐요? 그렇게 웃고 있으면서….
여	아니라니까요.
남	다 알고 있어요.
여	뭘요?
남	(자신만만하여) 뭐긴요! 당연히 당신에 대해서죠. 당신은 지금 부끄러워하고 있어요. 그건 이상한 게 아니에요. 그 나이가 되도록 사람을 만난 적도 없고, 그 사람을 위해 웃어본 적도 없구요. 그러니까 부끄러운 거예요.
여	어머, 어머머!
남	이젠 그 '어머, 어머머'라는 말도 이해할 수 있어요. 그건 일종의 관용구라고 할 수 있죠. '어머, 어머머'는 '맞아요, 맞아요', 또는 '좋아요, 좋아요', 그리고 아주 가끔은 '빨리요, 빨리요'라는 뜻으로도 쓰이죠.
여	(기가 막힌 듯) 어머, 어머머.

남	(진지하여) 이번엔 '맞아요, 맞아요'라는 의미인가요? 아니면 '좋아요, 좋아요?'
여	천만에요! 내가 '어머, 어머머'했을 때는 기가 막히거나, 어이가 없거나, 황당하거나, 당황했을 때예요. 지금처럼 말이에요!
남	왜 화를 내죠?
여	그렇게 웃은 적이 없는데도 당신이 자꾸 우기니까 그렇죠!
남	그렇게 웃고 있었어요.
여	아니에요.
남	분명해요.
여	아니라니까요!
남	그렇다니까요!
여	아니에요!

남과 여, 화가 나서 입을 다문다. 잠시 침묵이 흐른다.

남	거기… 있어요? (다급하여) 여보세요?
여	… 여기 있어요.

남자가 고백을 하는 사이, 여자는 무엇인가를 쫓듯 시선을 바쁘게 움직인다. 파리가 여자의 콧등에 앉는다. 여자는 파리를 쫓으려고 코를 씰룩인다. 여자는 남자에게 배운 것처럼 파리를 잡기

위해 침을 뱉는다. 그러나 번번이 파리를 잡는데 실패한다.

남 미안해요. (망설이다가) 난 솔직히… 다른 사람에 대해서 잘 몰라요. 그래서 본의 아니게, 당신을 화나게 만드나 봐요. 내 멋대로 상상하고, 내 마음대로 해석하고….

여자, 온통 파리에 신경을 쏟는 통에 남자의 말에 대꾸가 없다.

남 당신은 거기 있고, 난 여기 있으니까 우린 서로가 뭘 하는지 알 수가 없군요. 당신을 보지 못한다고 해도, 당신의 목소리를 들을 수 있다는 것만으로도 난 행복해요. (사이) 당신이 어디론가 가버릴까 봐 두려워요. 혼자… 남게 되면… 또 멍청한 숫자들이나 세고 있겠죠. 그러면 난… 난… 난… 그런 외로움은 싫어요. … 당신이 없는 세상은… 이젠… 상상할 수가….

남자, 여자가 무슨 말을 하리라고 생각하며 기다리는데, 아무 반응이 없자 문득 초조해진다. 여자는 콧등에 앉은 파리에 집중하고 있다. 남자, 여자가 사라진 것이 아닌가 싶어 두려워지기 시작한다.

남 … 거기 있어요? 당신 거기 있어요? … 거기 없어요? … 어, 어디 있어요? 어디에 있어요? … 이봐요! 거기 없어요? 거기….

여자, 파리를 향해 다시 침을 뱉는다. 남자, 그제서야 여자가 있다
는 것을 알아차린다.

여　(파리가 잡히자, 남자의 칭찬을 기대하며 잔뜩 애교 있게) 나 파리
　　 잡았다! 파아리이~.

남　(어이가 없어) 파리! 여태까지 파리만 보고 있었단 말이에
　　 요? 내가 하는 말은 하나도 안 듣고! 내가 그렇게 불렀는
　　 데도!

여　미안해요. 무슨 말을 했는데요?

남　(간신히 화를 억누르며) 난… 지금… 지금….

남자, 화가 나서 입을 다물어 버린다.

여　지금 뭐요? 뭔데요? 미안해요. 다시 한번 말해봐요. (남자의
　　 대꾸가 없자 화를 풀어주려는 듯 장난기 있게) 여보세요? 여보세
　　 요? 여보세요? 거기 없어요?

남자의 대답이 없자 여자, 불안감에 휩싸인다.

여　여보세요? 여보세요! 정말 어디로 가버린 거예요! (절망감
　　 에) 정말 간 거예요?

22

여자, 남자를 찾듯 바삐 눈동자를 움직인다. 고개를 돌리지 못하고 가까스로 시선만을 움직여 남자를 찾는 여자의 모습이 슬프다. 잠시 침묵이 흐른다.

여   (혼잣말로) 미안해요. 당신을 화나게 할 생각은 없었는데…. 일부러 그런 건 아니었는데…. 난 정말 구제 불능인가 봐요. 이기적이고 잘난 척만 하고…. 하지만 그건 진심이 아니에요. 외로운 게 싫어요. 혼자 있는 게…. 나도 당신한테 하고 싶은 말이 있었는데… 당신은 그 말을 듣기도 전에 떠나버린 거예요. 화가 나서 말이에요. … 나 혼자만 두고….

여자, 돌연 훌쩍이기 시작한다. 남자, 그 소리에 바싹 귀를 기울인다.

남   (잠시 듣고 있다가) 지금 우는 거예요?

여   거기 있었어요?

남   우는 거죠? 그렇죠?

여   거기 있으면서 왜 대답을 안 해요! 당신이 정말 가버린 줄 알았잖아요!

남   당신은 분명히 울고 있어요. 내가 떠날까 봐 두려운 거예요. 날 사랑하니까 우는 거라고요. 내가 당신을 사랑하는 것처럼 말이에요!

여자, 서러움에 복받치기라도 하듯 그 말에 더욱 크게 울기 시작한다.

남 (당황하여) 이제 그만 울어요. 당신이 우니까 나도 슬퍼지잖아요. (안절부절하다가) 내가 재미있는 묘기를 보여줄게요.

남자, 사팔뜨기 모양 눈을 모으기도 하고, 입을 잔뜩 부풀리기도 하면서 여자를 위로하려는 듯 갖은 표정을 지어 보인다.

남 재밌죠?
여 (더욱 크게 울며) 난 당신을 볼 수가 없잖아요.

잠시 침묵.

여 (침울하여) 도대체 우린, 얼마나 떨어져 있는 걸까요? 아주 멀리, 아니면 코가 맞닿을 만큼 가까이… 우린 서로를 본 적이 없죠…. 그리고 앞으로도 그렇겠죠?
남 함께 노래를 불렀는데도, 함께 대화를 했는데도, 난 당신이 뭘 하고 있는지 볼 수가 없어요. 우린 상상 속에서만 함께 있을 뿐이에요.
여 나는 여기에 당신은 거기에 있으니까요.
남 (두려움에 젖어) … 만일 당신이 아프거나, 혹은 깊은 잠에 빠져서, 내가 아무리 당신을 불러도, 대답이 없으면, 난 당신이 떠났다고 생각할 거예요.

여　(두려움에) … 그럼 우린 어떻게 되는 거죠?

남　난 다시 마음속으로 숫자를 세야겠죠.

여　난 단어를 외우구요? 당신이 거기 있는데도….

남　당신을 옆에 두고도….

여　두려워요. 무서워요….

남　… 나도 두려워요. 무서워요.

잠시 침묵,

남　(조심스럽게) 우리가, 서로 볼 수 있다면….

여　… 그렇게 되면….

남　우리가, 만날 수만 있다면….

여　… 그렇게 되면….

남　… 두렵지 않을 거예요.

여　… !

잠시 침묵.

여　날… 보고… 싶어요?

남　당신을… 보고 싶어요.

여　당신을… 보고 싶어요.

남　수많은 노래를 가진 당신을.

여	상상이 아닌 체온이 있는 당신을.
남	영원한 미소를 가진 당신을.
여	두려움 없는 당신을.
남	당신을… 보겠어요!
여	당신을… 보겠어요!

잠시 침묵이 흐른다. 그들은 천천히 고개를 돌려 서로를 마주 본
다. 무대, 천천히 어둠 속에 잠긴다.

제 2 장 - 선(線)

남과 여, 서로를 마주 보고 서 있다. 팔을 뻗으면 금세 닿을 것 같은 가까운 거리를 두고 그들은 서로를 바라보며 마치 조각처럼 굳은 듯 서 있다. 그들은 서로를 볼 수 있다는 사실이 신비스러우며 감격스럽다.

남   당신을 보고 있어요.

여   당신을 보고 있어요.

남, 여   (동시에) 당신을 보고 있어요. 우린 서로를 보고 있어요.

곧이어, 경쾌한 음악과 함께 춤이 시작된다. 그들의 춤은 세련되거나 전문적일 필요는 없다. 서로를 갈구하는 감정과 움직이지 못했던 점(點)의 상태에서 움직임을 얻게 된 기쁨을 표현하는 것으로 족하다.

남   당신의 다리는 하늘을 떠받치고 있는 대리석 기둥처럼 멋있어요.

여   당신의 코는 미지의 신대륙에서 용솟음치는 화산의 분화구처럼 아름다워요.

남   당신의 배는 땅바닥을 뚫고 솟아나는 푸른 잡초처럼 생명력이 넘쳐요.

여　당신의 눈은 썩은 나무에서 피어오르는 송이버섯처럼 신비로워요.

남　당신의 엉덩이는 바위처럼 강렬해요.

여　당신의 팔은 바람에 흔들리는 나뭇가지처럼 섬세해요.

남　당신의 미소는 날 미치게 해요. (감탄하여) 당신의 미소는 변증법적 진화에 근거한 존재론적 향상의 징표이자 선험적 인식과 이원론적 세계관에 항거하는 역사적 울림이며, 내적 공명의 자발적인 실현을 토대로 한 전우주적인 미소예요!

여자, 무슨 말인가 하여 생각을 하지만 알 수가 없다. 여자, 조용히 미소를 지어 보인다.

남　당신을 보고 있으니까 자꾸만 몸이 떨려요.

여　내 상상력은 이제 쓰레기통에 던져버려야겠어요. 당신은 내 이성을 마비시키고 있어요. 난 온통 당신 생각뿐이에요. 당신의 머리에서 발끝까지 오직 당신만 생각하고 있다구요.

남　(더 이상 참지 못하고) 당신에게 가겠어요!

여　(기쁨에 넘쳐) 당신에게 가겠어요!

그들은 서로를 향해 달려간다. 그러나 엇갈린 선처럼 교차하여 지나갈 뿐이다. 그들은 서로의 반대편에 선다.

남	어디 있어요?
여	어디 있어요?

남과 여, 다시 서로를 향해 달려간다. 그러나 이번에도 역시 그들은 만날 수 없는 선처럼 엇갈려 교차할 뿐이다.

남, 여	(동시에) 어디 있어요? 어디 있어요? 여기 있어요!
남	(비장하여) 거기로 가겠어요.
여	(비장하여) 거기로 가겠어요.

두 사람, 상대를 향해 달려간다. 그러나 이번에는 상대방이 있었던 자리에 갈 수 있을 뿐 정작 만날 수가 없다. 계속 찾아 움직이지만 그들은 계속 엇갈리기만 할 뿐이다. 그들은 멈추지 않고 서로를 찾는다. 남과 여, 서서히 지쳐간다. 그들은 그제서야 서로를 발견하고 마주 본다.

남	볼 수도 걸을 수도 있는데 만날 수가 없어요.
여	볼 수도 뛸 수도 있는데 만날 수가 없어요.
남	내가 여기에 있으면 당신은 거기에 있고.
여	내가 거기에 있으면 당신은 여기에 있고.

남과 여, 선(線)처럼 정해진 궤도만을 움직일 수 있는 자신들의 처지에 어쩔 줄 몰라 하며 그리움으로 서로를 바라본다.

여	영원히 거기에만 있군요.
남	영원히 만날 수가 없는 건가요?
여	폭풍이 불어서 당신이 다치기라도 하면 어떡하죠?
남	당신이 늙어서 죽게 되면 난 어떻게 하죠.
여	돌볼 수가 없잖아요.
남	혼자가 되겠죠.
여	무서워요. 당신 곁에 있을 수 없다는 게….
남	두려워요. 당신을 보기만 해야 한다는 게….
남, 여	(동시에) 무서워요. 두려워요.
여	당신을 만나고 싶어요.
남	당신을 만나고 싶어요.

남과 여, 서로를 응시하며 천천히 서로를 향해 움직인다.

남	조금만 조금만 더 가까이.
여	당신한테 가고 싶어요.
남	당신한테 가고 싶어요.
여	조금만 조금만 더 가까이.
남	(애절하여) 더 가까이, 더 가까이.
여	(애절하여) 더 가까이, 더 가까이.
남	더 가까이.
여	더 가까이.

그들은 또다시 엇갈리는 선처럼 서로를 비껴가려 한다. 그들의 손이 스치듯 서로 맞닿는다. 바로 그 순간, 마치 시간이 정지된 것처럼 그들은 멈추어 서서 움직이지 않는다.

잠시 침묵이 흐른다. 남자, 천천히 돌아서서 여자를 향해 손을 뻗는다. 여자, 남자를 향해 고개를 돌린다. 그들의 모습, 긴 여운을 남기며 무대, 어둠 속에 잠긴다.

제 3 장 – 공간(空間)

1.

남과 여, 음악에 맞추어 춤을 추듯 들어온다. 그들은 손에 포크와 나이프, 그리고 빵이 담겨져 있는 접시를 들고 있다. 그들은 춤을 추며 손에 들고 있는 소품을 하나씩 식탁 위에 내려놓는다.

남 당신에게서 냄새가 나요. 당신의 냄새.

여 당신의 살결은 날 감싸 안아요. 나도 모르게 잠이 들 만큼.

남 당신의 머리카락, 부드러운 얼굴, 이 어깨, 가슴….

여 이렇게 영원히 당신의 손길 속에 있고 싶어요.

남 당신을 안고 있으면 심장이 멎는 것 같아요.

여 (남자의 가슴에 귀를 대고) 뛰고 있어요. 꼭 시계처럼 규칙적이고 정확하게 뛰어요. 예전엔 당신의 심장이 이렇게 뛰고 있다는 걸 몰랐어요.

남 내 심장은 당신 거예요.

여 … 내 거요?

남 그래요. 난 당신 거예요.

여 그럼, 난 당신 것이겠네요?

남 물론이죠. 난 당신의 것이고, 당신은 나의 것이에요.

여 (당혹스러워) 난 한 번도 내 거라는 걸 가져보지 못했어요.

(사이) 난 영원히 당신 것이에요, 당신은 영원히 나의 것이고요!

음악 끝난다. 남과 여, 서로에게서 떨어진다.

여　날 사랑해요?

남　사랑해요.

여　일만큼요?

남　… 글쎄? 말로 표현을 할 수 없는걸요.

여　그래도 해봐요. 빨리요.

남자, 어떻게 해야 할까 망설이다가 대뜸 빵을 먹기 시작한다. 남자는 입이 터질 지경으로 빵을 입속에 집어넣는다. 여자, 깜짝 놀라서 물끄러미 남자를 바라본다.

남　(입에 한가득 빵을 넣고는) 이만큼.

여　뭐라구요?

남　이만큼!

여자, 재미있는지 웃음을 터뜨린다. 여자, 남자의 입 안에 있는 빵을 조금 떼어서 먹고는 음미한다.

여　당신은 빵이에요.

| 남 | …? |
| 여 | 당신이 내 뱃속으로 들어온 것 같아요. (사이) 당신이 빵이라면, 좋겠어요. 하나씩 조금조금 떼어서 허기진 배를 채우고 내 속에다 당신을 넣고 다니면 정말 좋겠어요. |

남자, 자신의 빵을 떼어 여자의 입속에 넣어준다. 여자도 빵을 떼어 남자의 입속에 넣어준다. 남과 여, 서로에게 빵을 먹여주면서 행복하다.

파리가 소리를 내며 날아다닌다. 여자, 꾸역꾸역 침을 모아 파리에게 뱉지만 맞추지를 못한다. 파리가 남자의 얼굴에 앉는다. 여자, 조심스럽게 다가와 파리를 향해 침을 뱉으려는데 남자와 눈이 마주친다. 남자, 침을 뱉으려는 여자를 뜨악하여 본다. 파리가 식탁에 내려앉는다. 남자, 파리채로 파리를 잡는다. 여자, 멋쩍다. 남자, 뒷주머니에서 치약을 꺼내 혓바닥에 짠다. 눈을 녹여 입을 행구 듯 치약을 입 안에 넣고 오물조물 씻고는 삼켜버린다. 길게 트림을 한다. 여자, 뜨악하다.
남과 여, 어색하다. 남자, 분위기를 바꾸려는 듯 라디오를 켠다. 주파수를 잡기 위해 라디오를 이리저리 옮긴다. 주파수가 잡힌다. 여자, 대견하여 남자를 본다. 남자, 으쓱하다. 남과 여, 라디오 앞에 바짝 다가앉아 귀를 기울인다.

| 소리 | 오늘의 날씨. 한때 천둥 벼락을 동반한 소나기가 오다가, |

곧이어 강한 돌풍을 동반한 폭설이 내리고, 5초간 침묵 후 우박이 기습적으로 쏟아지다가, 날이 개여 화창한 날씨가 되겠습니다. 기적을 만드는 사랑의 묘약 협찬이었습니다.

멘트와 동시에 밖에서는 급격한 날씨 변화가 일어난다. 일기 예보라기보다는 현장 중계 같다. 남과 여, 절묘한 적중에 놀란다.

소리 긴급 뉴스 속보를 알려드립니다. 오늘 오후 4시 44분, 여자의 등을 밀어주던 남자가 여자의 등판에 칼을 꽂아 살해한 엽기적인 사건이 발생했습니다.

남·여 … !

소리 피의자 '나만 사랑해줘 씨'는 평소 외출을 자주 하는 여자를 의심하여 불륜의 증거를 잡으려고 고민하던 중 여자의 등을 밀어주다가 우발적으로 범행을 저질렀다고 진술했습니다. 경찰에 체포된 '나만 사랑해줘 씨'는 여자를 밖으로 나다니게 방치한다는 건 곧 가정의 파탄과 사랑의 종말을 의미한다는 걸 깨달았다며 모든 남자들에게 자신과 같은 실수를 범하지 말 것을 호소했습니다.

남자, 심각하여 고개를 끄덕인다. 여자는 어이가 없다.

소리 그러나 30년간 여탕 때밀이로 종사한 '때밀어 성공했어 씨'는 이번 사건은 우발적 범행을 가장한 계획적 범행이

확실하다며 절대 남편에게는 등판을 보이지 말 것을 당부했습니다. '떼밀어 성공했어 씨'는 남자가 여자의 등을 밀어주는 건 다른 남자의 흔적을 찾기 위한 간교한 음모라며 세상의 모든 여자들은 절대 시험에 넘어가지 말아야 한다고 주장했습니다.

여자, 심각하여 고개를 끄덕인다. 남자는 어이가 없다.

소리   이번 사건은 우발적인 범행을 주장하는 '나만 사랑해줘 씨'와 계획적인 범행을 주장하는 '떼밀어 성공했어 씨'의 공방으로 사건의 진실을 밝히는데 오랜 기간이 걸린 것으로 경찰은 보고 있습니다.

남과 여, 같이 라디오를 끈다.

여   너무 끔찍해요. 어떻게 등판에.

남   맞아요! 어떻게 사랑하는 사람들끼리 그럴 수가 있을까요?

여   정말 사랑한다면 용서해야죠. 아무리 못된 짓을 했다고 해도 말이에요.

남   역시 당신은 사랑의 진수를 아는군요! 용서와 이해!

여   그냥 다리몽둥이만 꽉 분질러서 집 안에 가둬두면 되는데 칼은 왜 들어요. 무식하게. (다정히 웃음을 지으며) 안 그래요?

남자, 어색하게 웃어 보인다. 남과 여, 서로에게 웃음을 짓지만 그들은 내심 라디오 뉴스를 생각하고 있다. 남자는 슬쩍 자기의 다리를 만져보고 여자는 자기의 등판을 어루만져 본다.

돌연, 오리가 우는 소리가 요란하게 들려온다. 남과 여, 소리에 귀를 기울인다. 소리가 다시 들려오자 그들은 바싹 귀를 기울인다.

여   서 소리 들려요?

남   저거 거위 소리 같은데….

남과 여, 나가고 싶은 마음을 가까스로 참으며 서로의 눈치를 보고 있다. 오리 소리가 들려온다. 남과 여, 문을 열고 밖을 내다본다.

여   (과장되어) 어머, 어머머! 저것 봐요! 오리가 꽃밭 근처까지 갔어요. 저러다 꽃밭을 모두 망쳐놓겠어요.

남   (여자의 말에 호응하여) 세상에, 저렇게 빠른 놈은 처음 봐요! 저 속도로 돌아다니면 과수원도 망가질 게 분명해요.

여   (맞장구치며) 과수원은 물론이고 우리 집도 위험해질 게 틀림없어요.

남   (맞장구치며) 대형 사고가 일어나는 건 불을 보듯 뻔해요. 저럴 수가! 이젠 날기까지 해요!

여   어떡하죠?

남   글쎄요.

여	우리 나가서 저 못된 오리를 응징해요! 정의의 이름으로! 우리 집을 지켜야죠!
남	나도 적극 동의해요! 우리의 행복한 보금자리가 부서지는 걸 보고 있을 순 없어요!
여	저 오리를 잡아서 맛있는 오리 구이를 해 줄게요.
남	역시 당신은 용감하고 현명해요. 우리 같이 나가요.

손을 잡은 남과 여, 밖으로 나간다. 오리 소리, 무엇인가에게 쫓기는 듯 한층 더 커진다. 밖에서 남과 여의 목소리가 들려온다.

여의 소리	저쪽으로 가요!
남의 소리	내 손을 꽉 잡아요.
여의 소리	이러다가 놓치겠어요.
남의 소리	뛰어요.

푸드득 날갯짓을 하는 오리 소리가 요란하다.

남의 소리	여보세요!
여의 소리	여보세요!
남의 소리	거위를 잡았어요! 근데 어딨는 거예요!
여의 소리	오리가 안 보여요! 당신도 안 보여요!
남의 소리	이런 거위를 놓쳤잖아요! 어디 있어요?
여의 소리	오리가 날아가잖아요! 어디 있어요?

도시의 소음 소리가 거칠게 무대를 휘감는다. 요란하게 경적을 울리는 자동차 소리, 시끌벅적한 유원지의 소리 등 지금까지의 고요함을 일순간에 깨뜨리는 소리다.

2.

요란하게 들려오던 도시의 소음 소리 서서히 잦아들면 남과 여, 들어온다. 그들은 몹시 화가 나 있다. 그들은 포장한 선물을 갖고 있다.

남　대체 어디로 간 거예요?

여　(신경질적으로 빵을 먹으며) 당신은요!

남　당신하고 같이 갔잖아요. 당신 손을 잡고요! 그놈의 거위가 저공비행을 하면서 숲으로 날아갔고 우린 그 뒤를 필사적으로 추적했어요. 그런데 그놈이 공간이동을 하더니 갑자기 언덕에 나타났고… 그러다가 손을 놓쳤고… 그러다… 당신을 잃어버렸어요….

여　날 잃어버려요? 내가 물건이에요! 어떻게 그럴 수가 있어요! 어떻게 날 두고 거위를 쫓아갈 수 있어요. 그리고 왜 거위를 잡아요? 우리가 쫓아갔던 건 오리였잖아요!

남　오리가 아니라 거위예요!

여　오리 맞아요! 분명히 오리였어요! 난 오리를 쫓아갔다

고요!

남 거위라니까요! (문득) 그런데, 어떻게 내가 없는 것도 모르고 혼자 오리를 쫓아 갈 수 있어요! 내가 물건이에요!

그들은 서로 등을 돌린다. 그들은 들고 온 선물을 집어 던지듯 놓고는 식탁에 놓여있는 빵을 신경질적으로 집어 먹는다. 두 사람 빵을 집어 먹다가 서로 시선이 마주친다.

남 (냉정하여) 저밖엔 볼 거라곤 아무것도 없어요.

여 볼 게 없다뇨? 난 볼 게 너무 많아서 눈이 다 아플 지경이었어요. 정말 아름다웠어요.

남 아름다워요? 저 세상이? (기가 막히다는 듯) 저 세상은 악랄한 *끈끈이주걱*이에요. 걸려드는 건 모든 지 집어 삼켜버린다구요. 한 번 발을 잘못 디디면 영영 벗어날 수가 없어요. 당신처럼 방향 감각이 없는 여자한테는 아주 위험한 곳이에요! 당신을 보호하겠어요.

여 … ?

남 여기서 나가지 말아요. 한 발짝도.

여 날 가두어 놓겠다는 거에요? 끈끈이주걱처럼?

남 당신을 위해서라면….

여 (화가 나서) 날 위해서요!

남 그래요! 당신을 위해서!

여 날 위한다면 여기에 있든 저 밖으로 나가든 내버려 둬야 하잖아요.

남　마음대로 돌아다니다가는 분명히 길을 잃을 거예요.

여　우린 고작 한 번 엇갈렸을 뿐이에요.

남　한 번?

여　그래요, 한 번!

잠시 침묵이 흐른다. 여자는 빵을 신경질적으로 씹었다 내뱉는다. 그 행동이 남자에 대한 시위 같다. 남자, 여자가 내뱉은 빵을 정성껏 줍는다.

남　(빵을 먹으며 노래한다) 새가 난다 두 마리가 난다 세 마리가 난다 떼로 난다.

남자, 여자에게 화해를 청하는 것 같다. 여자, 그런 남자의 모습에 서서히 화가 누그러진다.

남　… 당신이 떠났는 줄 알았어요.

여　… 난 한 번도 당신 곁을 떠난 적이 없어요. 앞으로도 그럴 거구요…. 난 당신이 떠난 줄 알았단 말이에요.

남　말도 안 돼. 내가 왜 당신을 떠난단 말이에요? 당신이 여기 있는데. (사이) 당신한테… 당신한테 맛있는 저녁을 해주고 싶었어요. 거위 요리는 특별한 메뉴니까….

여　(마음이 풀리며) 당신이 거위를 잡고, 내가 오리를 잡았으면… 오늘 저녁은 근사한 만찬이 됐을 텐데, 그렇죠? (하품을 하며) 오늘은 정말 피곤한 하루였어요.

남   잠깐만요!

남자, 급히 나가서 여자를 씻겨줄 수건을 갖고 들어온다.

남   (미소를 지으며) 이리 와 봐요. 내가 당신을 씻겨 줄게요. 많이 걸어서 발이 피곤할 거예요.

남, 여자의 발을 씻겨준다.

남   (여자가 모르게 코를 킁킁거리며) 당신에게서 냄새가 나요. (집요하게 냄새를 맡으며) 당신의 냄새.

남, 여자의 몸을 씻겨준다. 그는 여자에게서 다른 남자의 모습을 찾아내려는 것처럼 집요하다. 남자가 여자를 씻는 행위는 신경질적이며 가학적이다. 여자는 꿋꿋이 참고 있다.

남   당신의 머리카락, 부드러운 얼굴, 이 어깨, 가슴…. (과장되어) 당신을 안고 있으면 심장이 멎는 것 같아요. 내 심장은 당신 거예요. 난 당신의 것이고, (강조하여) 당신은 나의 것이에요!

남자, 천천히 여자의 등 쪽으로 돌아간다. 여자, 두려움에 젖는다. 남자가 막 여자의 등을 닦으려는데 여자, 더 이상 참지 못하고 벌떡 일어선다.

여자, 남자를 쏘아보며 포크를 든다. 포크를 휘기 시작한다. 남자, 슬쩍 다리를 감추며 뒷걸음질을 친다. 포크가 휠 때마다 남자는 자기의 다리가 휘어지는 것처럼 고통스러운 표정이다. 어느 순간 포크가 날카로운 소리를 내며 끊어진다. 남자, 풀썩 주저앉는다. 남과 여, 그들 사이에 팽팽한 긴장이 흐른다.

남　(분위기를 돌리려는 듯, 애써 자상하여) 당신한테 줄 게 있어요. 당신을 위해서 가져온 거예요.

여　나도 당신한테 주려고 선물을 가져왔어요.

남과 여, 자신들이 가져온 선물 보따리 속에서 각자에게 줄 선물을 꺼낸다. 남과 여, 선물을 갖고 마주 선다.

남　(여자에게 선물을 건네며) 뜯어 봐요.

여, 남자에게 선물을 건넨다. 두 사람, 포장을 뜯는다. 남자는 여자의 사진이 담긴 액자를, 여자는 남자의 사진이 담긴 액자를 멍하니 바라본다.

남, 여　(동시에, 당황하여) 당신 모습이잖아요!

남   어떻게 이걸 생각해냈죠?

여   그러는 당신은요?

남   당신 손을 놓치고 길을 따라갔었어요. 그런데 가다 보니까 '사랑의 묘약'이라는 간판이 보이잖아요. 그래서 들어갔죠. 영원히 당신을 사랑하고 싶다고 했더니 내 얼굴을 총천연색 사진으로 찍어서 해가 뜨는 방향에 걸어두라고 하잖아요.

여   어머, 어머머! 나도 거길 갔었어요. 내 사진을 해가 뜨는 방향에 걸어놓으면 당신이 영원히 날 사랑할 거라고 그랬거든요.

남   당신도 총천연색으로?

여   물론이죠. 흑백은 효과가 떨어진대요.

남   (머뭇거리다가) 잘 보이는 곳에 걸어두죠.

여   그래요.

남과 여, 잘 보이는 위치를 찾아 액자를 걸어놓는다.

여   잘 보여요?

남   (자리를 바꿔가며 보면서) 여기서도 보이고, 여기서도 보여요.

두 사람, 애써 흐뭇한 표정을 짓는다.

여   (사진을 보며, 과장되어) 당신 모습은 내 심장을 뛰게 해요!

남　(사진을 보며, 과장되어) 당신 모습은 날 미치게 해요!

여　내가 여기에 없어도 당신을 위해 선물을 찾아다닌 것처럼 난 오직 당신 생각뿐이에요. 항상 당신을 바라보고 있는 사진 속의 나처럼 말이에요.

남　내가 여기에 없을 때는 사진 속의 내 모습을 봐요. 그럼 당신은 외롭지 않을 거예요.

여　절대로 외롭지 않을 거예요.

남과 여, 어색하게 서로를 본다. 물이 떨어지는 소리가 들린다.

남　(물소리에 귀를 기울이다가) 당신 물을 안 잠갔군요. 얼른 잠가요. 물바다가 되면 어떡해요?

여　당신은 정말 사려 깊은 사람이에요.

여자, 물을 잠그러 돌아서는데 남자, 슬금슬금 나가려고 한다.

여　(남자의 뒷덜미를 낚아채듯) 뒷문! 뒷문을 잠가야죠. 도둑이라도 들면 어떡해요?

남　(별수 없이 돌아서며) 당신의 세심함은 늘 날 감동시켜요.

남과 여, 밖으로 나가 각자의 일을 한다. 그러면서도 서로를 나가지 못하게 감시한다. 남과 여, 무대로 들어온다.

다시 한번 도시의 소음 소리가 무대를 휘감는다. 남과 여, 거부할 수 없는 힘에 이끌리듯 그 소리에 빠져든다. 그들은 유혹을 뿌리치려는 듯 고개를 숙인 채 꾸역꾸역 빵을 먹는다. 앞으로의 대사는 빵을 먹으며 진행된다.

남	아침에 눈을 뜨면 보이고,
여	고개를 돌려도 보이고,
남	잠들기 전에도 보이고,
여	여기서도 보이고 저기서도 보이고,
남	한발 한발 습관적으로 내딛는 애벌레처럼,
여	365일, 봄, 여름, 가을, 겨울, 매일 뜨는 해처럼,
남	꼬리를 자를 수 있는 도마뱀이라면,
여	하루쯤 해가 안 떠도 좋을 텐데,
남	자유롭게 날아서,
여	어둠 속에 숨어서,
남	구속이 없는 곳으로,
여	꿈꾸고 소리치고 춤추고,
남	숨이 막혀.
여	빵이 지겨워.

그러나 그들이 거부하면 할수록 도시의 소음 소리는 더욱더 증폭되어 들려온다. 그들은 식탁을 두드리고, 서로에게 빵을 먹여주면서 밖으로 나가지 못하도록 견제한다. 멈추지 않고 들려오는 소리에 그들은 양동이를 뒤집어쓰고 필사적으로 저항한다. 마침내

인내의 한계에 도달한 그들은 양동이를 내던져 버린다.

남 우리 한 번만 나가요. 이번엔 절대 길을 잃어버리지 않을 거예요. 손을 놓치는 일도 없구요.

여 그래요. 외나무다리를 만나거나 갈림길이 나와도 우린 절대 손을 놓치지 않을 거예요.

남 설령 손을 놓친다고 해도 두려워할 필요 없어요. 우리 가슴속엔 사랑이란 나침반이 있으니까요.

여 그래요. 자석의 남극과 북극처럼, 당신의 나침반은 나를, 내 나침반은 당신을.

남 그 길을 따라가면 우린 다시 만날 수 있어요.

여 그래요. 아무도 우릴 막을 수 없어요. 우린 여기로 다시 돌아올 거예요. 행복한 우리 집으로요. 당신과 내가 함께 숨 쉬는 이곳 말이에요.

남 난 당신의 품으로, 당신은 나의 품으로 돌아오게 돼 있어요.

여자, 남자의 품을 파고든다. 남자, 여자를 포옹한다.

여 난 당신을 믿어요. 당신도 날 믿죠?

남 난 당신을 믿어요!

여 저 세상을 봐요. 저긴 신천지예요. 저곳엔 당신을 위해 줄 수 있는 것들이 아주 많아요.

남   나도 당신한테 주고 싶은 게 너무 많아요.

여   저 길을 따라가면 당신을 기쁘게 해 줄 선물을 찾을 수 있
        을 거예요.

남   아름다운 옷, 우아한 가구, 맛있는 음식, 오직 당신만을 위
        해 찾을 거예요.

남, 여   (동시에) 우리 같이 나가요.

여   당신을 위해 길을 나선다는 건, 당신을 위해 뭔가를 찾아
        헤맨다는 건, 정말 행복해요!

남   나도 가슴이 설레요!.

        남과 여, 손을 잡는다.

남   당신은 나의 희망찬 미래예요!

여   당신은 나의 든든한 울타리예요! 사랑해요!

남   나도 사랑해요!

        그들은 어린아이처럼 들떠 밖으로 뛰어나간다. 무대에는 벽에 걸
        린 남과 여의 사진만이 덩그러니 보인다. 도시의 소음 소리에 묻
        혀 남과 여의 목소리가 가까스로 들려온다.

남의 소리   어디 있는 거예요?

여의 소리   어디 있어요?

남의 소리   어디 있어요?

여의 소리 어디 있어요?

남의 소리 대체 어디 있는 거냐니까요! 왜 대답이 없어요!

여의 소리 대체 어디 있어요! 왜 대답이 없는 거예요!

3.

그들의 목소리를 집어삼키는 도시의 소음 소리. 요란하게 들려온다. 잠시 후, 소음 서서히 잦아들면서 여자가 들어온다. 그녀는 전처럼 포장한 선물을 갖고 있다. 곧이어 남자가 들어온다. 그도 포장한 선물을 갖고 있다.

남과 여, 서로를 외면한 채 서 있다. 그들 사이에 냉랭한 기운만이 감돈다. 잠시 침묵이 흐른다.

남자, 여자에게 선물을 건넨다. 여자, 포장을 뜯는다. 다용도 변기다.

남 아주 편리해요. 다용도 변기예요. 당신은 이제 이 방을 나갈 필요가 없어요. 이젠 정말 제대로 당신을 돌볼 수 있게 됐어요. 아파서 화장실에 못 갈 땐 이걸 사용하면 돼요. 혹시 갖고 싶은 게 더 있어요? 말만 해요. 내가 사올게요. 당신은 편안히 여기 앉아서 내가 오길 기다리기만 하면 돼요.

여자, 대꾸 없이 자신의 선물을 남자에게 건넨다. 남, 포장을 푼다. 여자의 선물도 다용도 변기다. 남자의 표정이 굳어진다.

여   오후 1시 50분 남자는 부리나케 이발소로 뛰어간다. 2시 40분 깔끔하게 이발과 면도를 하고 곧장 공원으로 뛰어간다. 2시 50분, 누군가를 기다리며 초조한 기색으로 시계를 본다. 오후 3시 정각. 어떤 여자가 남자에게 다가간다. 오후 3시 10분, 남자가 여자의 손을 잡는다. 남자가 여자를 끌어안는다. 오후 3시 20분. 여자가 벌떡 일어선다. 그 남자는 여자를 잡으려고 한다. 여자는 급히 공원을 떠난다.

남   (깜짝 놀라) 도대체 뭘 한 거예요?

여   그 여자 누구예요? 어떤 사이죠?

남   그러니까… 날 감시하고 있었던 거예요?

여   당신은 일부러 내 손을 놓은 거예요.

남   말도 안 되는 소리 하지 말아요. 사람들이 너무 많아서 당신 손을 놓친 거예요. 당신을 찾다 보니까 공원까지 가게 된 거라구요. 그 여자는 그냥, 거기서 우연히 만난 사람일 뿐이에요.

여   (매섭게 남자를 쏘아보며) 우연히 그 여자를 만났다구요? 내가 바보인지 알아요! 당신은 날 찾을 생각도 하지 않았어요!

남   노력했어요. 당신을 찾으려고 노력했다구요. (사이) 그러는 당신은 내가 손을 놨다고 화를 내면서 기껏 한다는 게 미행이에요? 당신이야말로 일부러 내 손을 놓고 내 뒤를 밟은 거 아니에요?

여　난 당신을 보호하기 위해서 최선을 다했어요.

남　보호라구요?

여　그래요!

남　당신은 날 감시하고 있었던 거예요!

여　아니에요! (안타까워) 저 바깥세상의 유혹에서 당신을 보호하려고 내가 얼마나 노심초사하는지 알기나 해요?

남　(차가워) 그러는 당신은 지금까지 어디서 뭘 하다 온 거예요?

여　말하고 싶지 않아요. 내가 어딜 가든, 누구를 만나든, 당신한테 일일이 말할 필요는 없잖아요.

남　(다용도 변기를 들어 보이며) 그 남자가 이런 걸 선물하라고 가르쳐 주던가요?

여　(깜짝 놀라) 무슨 말을 하는 거예요?

남　오후 5시 50분, 여자는 백화점 앞에서 누군가를 기다리며 서성인다. 오후 6시 정각. 깔끔하게 양복을 차려입은 남자가 걸어온다. 둘은 다정하게 인사를 한다. 그 남자는 여자의 허리춤에 손을 갖다 댄다. 오후 6시 10분. 둘은 행복하게 웃으며 백화점으로 들어간다.

여　…!

남　그 남자, 나보다 훨씬 잘 생기고 지적이고 우아하고 돈도 많아 보이던데 백화점까지 가서 고작 이걸 사주던가요?

여	날, 미행한 거예요? 지금까지 날 훔쳐보고 있었던 거예요!
남	당신을 지키고 보호하느라 전전긍긍하고 있는 나한테 그런 식으로 말하지 말아요.
여	어머, 어머머!
남	이젠 그 '어머, 어머머'도 지겨워!

남과 여, 싸늘하여 서로를 쏘아본다.

남	(명령하여) 이제부터 필요한 물건을 구해오는 건 모두 내가 하겠어요. 당신은 여기 있어요.
여	당신을 보낼 순 없어요. 내가 나가겠어요.
남	날 감시하면서 자기는 누굴 만나든 상관 말라는 당신보단 내가 나가는 게 나아요. 당신보다는 내가 세상 물정을 더 잘 알기도 하고.
여	여기 있어요!
남	당신이 여기에 있어요!
여	내가 나갈 거예요!
남	당신이 나가면 나도 나가겠어요!
여	(발악하여) 당신은 여기에 있어야 돼요!
남	(발악하여) 당신이 여기에 있어요!

여자가 일어나 문 쪽으로 가려 하자 남자, 의도적으로 접시를 떨어뜨린다. 여자, 그 소리에 놀라 흠칫 물러선다. 남자가 문 쪽으

로 가려 하자 여, 벽에 걸려 있는 남자의 사진을 떼어내려 한다. 남자, 깜짝 놀라서 여자를 밀친다. 남자, 의자에 앉는다. 남자, 여자가 다시 문 쪽으로 다가가자 벽에 걸린 여자의 사진을 떼어내려 한다. 여자, 남자를 강하게 밀친다. 옥신각신하던 그들은 돌연 커다란 여행용 가방을 갖고 들어온다.

그들은 금세 여행이라도 떠날 사람처럼 자신들의 물건을 가방 속에 집어넣기 시작한다. 물건을 다 집어넣은 그들은 씨름을 하듯 서로의 허리를 부여잡고 자신의 가방 속에 밀어 넣으려고 한다. 여자는 남자를, 남자는 여자를 가방 속에 집어넣기 위해, 그들은 처절하게 몸싸움을 한다.

남과 여, 한바탕 몸싸움 끝에 지친 듯 그대로 포옹한 모습으로 정지한다.

긴 침묵이 흐른다.

남   당신, 가슴이 뛰지 않는군요.

여   당신의 심장도 멈췄어요. 예전 같지가 않아요. 당신을 안고 있는데도 당신이 느껴지지 않아요.

남   당신의 감촉이 사라졌어요. 당신의 머리, 어깨, 가슴… 모두 사라졌어요.

남과 여, 절망하여 서로에게 천천히 떨어진다. 무대는 한층 더 어두워진다. 그들은 벽에 내 걸린 서로의 사진을 바라본다. 그들은 서로의 사진에게 말을 하고 있는 듯하다.

남   난 당신을 빼앗길 수 없어요. 아무도 당신을 느끼게 하고
        싶지 않아요.

여   당신, 이렇게 웃고 있으면서 날 감시하려고 했군요.

남   난 당신을 지켜야 했어요. 아무도 당신을 엿보지 못하게
        보호해야 했어요.

여   당신과 하나가 되고 싶었어요. 오로지 나만을 감싸 안길
        원했어요.

남   우린 분명 서로의 심장 소리를 들었는데도….

여   다른 것을 느끼고 있었던가 봐요.

남과 여. 천천히 사진을 떼어낸다. 그들은 객석을 마주 보며 앉
는다. 그들은 천천히 서로의 사진을 찢기 시작한다.

남   웃고 있군요. 날 보면서….

여   노래를 하고 있군요. 날 위해서….

남   (사진의 귀를 찢으며) 차라리 귀가 없으면….

여   저 밖의 소릴 듣지 못했을걸….

남   (사진의 입을 찢으며) 차라리 입이 없다면….

여   유혹의 맛을 느끼지 못했을걸….

남   불안하지도 않고, 두려워하지도 않았을 텐데….

여   (사진의 코와 눈을 찢으며) 코가 없다면… 눈이 없다면….

남과 여, 찢어낸 사진을 천천히 먹기 시작한다. 그들은 대사를
하면서 계속하여 사진을 먹는다.

남 하나의 점처럼,

여 움직이지 못하고,

남 언제나 거기에서,

여 나와 같이 있으면,

남 못에 박힌 것처럼,

여 나갈 수 없으면,

남 두렵지 않고,

여 불안하지 않을 텐데.

잠시 침묵.
남과 여, 고개를 들어 물끄러미 객석을 바라본다.

남 당신 날 사랑해요?

여 당신 날 사랑해요?

어둠을 사이에 두고 바다의 섬처럼 떨어져 앉아 있는 그들의 모
습, 서서히 어둠 속에 잠긴다. 막 내린다.

한국 희곡 명작선 73
사랑의 기원

초판 1쇄 인쇄일   2021년 11월 25일
초판 1쇄 발행일   2021년 11월 30일

지 은 이   차근호
만 든 이   이정옥
만 든 곳   평민사
　　　　　서울시 은평구 수색로 340 〈202호〉
　　　　　전화 : 02) 375-8571 / 팩스 : 02) 375-8573
　　　　　http://blog.naver.com/pyung1976
　　　　　이메일 pyung1976@naver.com
등록번호   25100-2015-000102호
ISBN　　 978-89-7115-787-9 04800
　　　　　978-89-7115-663-6 (set)
정 　 가   7,000원

이 책은 사단법인 한국극작가협회가 한국문화예술위원회의 2021년 제4회 극작엑스포
지원금을 받아 출간하였습니다.